“Oasis en mi Vida”

Eres fuente de mi inspiración

Autora: Letty Loor Santana

DEDICATORIA

Hilvano mis pensamientos con los latidos de mi corazón.

Suscitados por la fuerza del amor, desbordan mis sentimientos, aquí plasmados en versos, para Uds. que son fuente de mi inspiración:

mis amores del cielo, mi querida Madre y mi amado Esposo.

Para mis hijos, seres amorosos que día a día fortalecen mi vida.

Letty Loor Santana.

Contenido

DEDICATORIA 2
MADRE 6
AMOR Y SOLIDARIDAD 7
GRACIAS POR DARME LA VIDA 9
DESOLACIÓN 10
ESPERANZA 11
DELIRIO 12
INFINITO 13
AMORES VERDADEROS 15
TRISTEZA 16
EN ESE TIEMPO 17
AUSENCIA 18
INGRATITUD 19
¡CÓMO ME GUSTAS ¡ 20
¡CÓMO ME HACES FALTA ¡ 21
LA NATURALEZA FUE TESTIGO DE NUESTRO AMOR 22
PALMERA 23
SEQUÍA DEL ALMA 24
LA CASA VACÍA 25
ESTRELLA 26
FUENTE DE TERNURA 27
ESPÍRITU DE LA POESÍA 28
SINCERIDAD 29
ILUSIÓN 30
EL MATE 31
RIZOS 32

ALAS FLOTANTES AL VIENTO 33
INTIMIDAD DE UN ECO 34
REINADO DE AMOR Y SERVICIO 35
LUZ 36
TEMPESTAD 37
REY DEL UNIVERSO 38
AUSENCIA 39
LA VIDA 40
EL CEMENTERIO 42
DORMIDA 43
OLVIDO 44
SUEÑOS 45
AMARGURA 46
FLORES 47
ROSA ROSADA 48
GALANTERÍA 49
¡ERES MI ORGULLO! 50
HORAS DE ANGUSTIA 51
MADRE MÍA 52
LA TARDE 53
EL AYER 54
HOY 56
SIGO EL CAMINO 57
MIRADA 58
VOLUNTAD 60
VIDA 61
DOLOR 62

TRENZAS 63
MALECÓN 64
ESPOSO... AMIGO 65
ANGUSTIA 66
AMOR MÍO 67
NUNCA SE IRÁ NUESTRO AMOR 68
TÚ ME QUIERES 69
MAR 70
HIJO 71
EL CAFÉ 72
AMOR DE NIÑO, TERNURA SUBLIME 73
AMOR INCONDICIONAL Y VERDADERO 74
MUJER INQUEBRANTABLE 75
JUNTO A LA MONTAÑA 76

MADRE

Madre, desde mi rincón ignorado
te escribo como nunca, muy triste
la soledad, de mí se ha apoderado
y estoy indefensa desde que te fuiste

El campanario de música triunfal
se perdió en la sombra de lo ignoto
¡Cómo me hace falta su ternura maternal!
para redimir mi corazón roto

El encanto de tu sublime amor
perpetuaba el fulgor de la aurora,
entonces, yo no conocía este dolor
ni la tristeza que me ronda ahora

Madre, fuente de perdón y de bondad
arrullo angelical es tu nombre
Yo pensaba que jamás me faltarías,
nunca imaginé que te irías.

En esta fecha de bendición nazarena
me conforta saberte en el cielo
y hoy tu recuerdo es una aureola
en ala de un cristiano consuelo.

AMOR Y SOLIDARIDAD

Hemos sido apresados
con el más duro drama, el COVID-19,
ha sido también una especie
de lección de duras realidades.

Somos los seres más frágiles
del mundo y el eminente
distorsionador de la voluntad de Dios,
pero la fortaleza espiritual
nos creció en medio de este terror.

Nuestro sentimiento humanitario,
ha aflorado a raudal,
llegando a comprender
el incomparable valor familiar
y el auténtico amigo leal.

Reconocemos que la divinidad
es refugio, es la salvación,
siendo esta enfermedad
que nos vincula a Nuestro Señor.

Roguemos a Dios que nos libere
de la ingratitud y del olvido,
de nuestras debilidades recurrentes
que nos aleja de su amor y
cuando nos sentimos zozobrar
a la cruz queremos abrazar.

Que nuestro corazón siempre responda
al ejemplo de Jesús
y que su espíritu nos ayude

a encender nuestra luz.

GRACIAS POR DARME LA VIDA

DESOLACIÓN

Por aquí nunca pasó la piedad, la misericordia,
el corazón del humano se alejó,
nunca tiende su compasiva mano llena de amor
al pobre que en su marcha transitoria
le dice, por favor.

En el día empieza
su trajinar, él va caminando
sin encontrar abrigo
la noche es muy larga
su alma siente frío

Una voz en la desolación,
No se sabe de dónde sale
¡Oh, Dios! ¿Dónde estás?
¡Oh, Señor! Dónde con tu salvadora unción.

En el espacio la pregunta queda flotante,
en un rezo la súplica de una madre
se deshoja en llanto.
En el umbral de la noche,
brilla el consuelo del Rey de la Luz,
Aquí estoy hijo amado, a tu lado estoy.

ESPERANZA

El dolor profundo en la hoguera
la promesa sepulcral sucumbe
y la estela del sol moribundo
deja burla triunfal en sus alas.

El rumor sin alabanza afligido
quien ya en decadencia ha entrado
el alma se entristece, tiembla
la dicha dormida en la ausencia.

Esperanza es a veces un santuario
en regocijo sonoro de los sueños,
donde el espíritu solidario y la paz
reviven lo que estuvo en cautiverio.

Su sonrisa anémica más allá se vuelve,
de rosas al abandono de la brisa,
de espectro yerto es mueca
cuando ha muerto el sentir humano.

DELIRIO

Su andar ondulante siempre
cuál agitación del mar azul,
su mirar fulgurante hiere
como aurora que hace suspirar.

Sigue siendo su cabellera,
como un cortinaje del sol enamorado
su ceñida sonrisa en la primavera
del ansiado y gran amor lejano

Sobre su distancia infinita,
como ave portentosa se remontó,
entonces supo que nada habita
en el alma ruidosa y tenaz

Más por su recuerdo en mi delirio
persisto que ella está presente,
que me pierdo a veces siento
en estela de su camino diferente

Y en los despojos de mis sueños,
su dulce monarquía aún palpita,
pues añoro haber andado juntos
porque no lo olvido todavía.

INFINITO

En el mar y sus arterias
tu susurro irresistible se pierde,
después, mi ilusa melancolía se escapa
al encuentro de lejanos luceros
y el silencio del olvido se corteja

Todo lo llegado del cielo ahora sé
que puede desvanecerse,
que no siempre se enreda a los sueños,
Y en las sombras perecen

Pero antes de que tus bellos ojos
tu esplendor esquivo liberé
mi vida, ya estaba vacía en verdad
Tú, no labraste esta suerte mía

Oh avecilla recién bendiciendo el día
ensayo del dominio al infinito,
mi ansiedad demencial arriba
quimera de rosas deshojadas al viento

Tu nobel vuelo tardío posaste,
cuando ya el tiempo fue verdugo,
el árbol que sostenía tu nido,
el ramaje de gallardía ha caído.

Imposible amor
aroma de crepúsculo y turbulencia,
aunque en el fondo de mi tristeza me refugie
en tu celeste lejanía seguiré soñando
Y por imposible esconderé tu recuerdo

en enloquecida dolencia del alma

Hoy una muralla con mueca me detiene,

una sentencia inapelable se impregna,

sendero trémulo de ceniza me señala

orilla de la piedad adormecida.

TRISTEZA

Por el desencanto del despeñadero
sin alas se fue la ingrata ilusión,
dulce encanto, ella emanaba
de la inquieta alma enamorada

La primavera perfumada era siempre,
frente a un turbio río en decadencia,
radiante pétalo de flor mañanera
Yo, un rumor de triste reminiscencia

Tanto tiempo que ya ha transcurrido,
no fue una quimera pienso
quería hacer su nido realmente
no, era el vuelo de ave pasajera

En algún templo remoto y diamantino
mi imagen ha de recordar,
pensamientos de este peregrino
que su belleza lo cautivó.

EN ESE TIEMPO

Mientras tu sonrisa se convierte en pompas
de arco iris, ataviando mi ruta,
mientras lentamente busca un escondite
se aproxima el sol, encendiendo mi alma

Atardecer como símbolo fin a mi jornada,
en cambio, tu vitalidad renuevas,
en la búsqueda de un nuevo amanecer,
mientras la utopía de la gloria hiere

En su desdén cruel tú rescatas,
en el arrullo de tu voz, el temor de vivir
en este mundo demencial,
eres la luz redentora que vibra
mientras se pierden los recuerdos.

En las cenizas del tiempo envuelves el presente,
entre los polos se deslumbra tu esencia,
porque eres mensajero de la dicha y la paz,
fragua del hoy, del ayer y de siempre.

AUSENCIA

El nacimiento del día se detuvo,
en el vientre terrenal se incrustó,
la agonía con su cruel pertinaz,
de la noche a la aurora matinal.

Su sonrisa entonces se desvaneció,
como la rosa ultrajada se agobia
la brisa fugaz de su rocío,
en la triste y desgarradora historia.

Tu ausencia repentina me duele
mi corazón te nombra, Madre
desde la esperanza de mi existencia
Y la perpetuidad de mi sombra.'

Sin piel se han quedado mis palabras
En las entrañas de mi silencio
Hay frío, se ha apagado y no vibra tu voz
Yo… reverenciaré tus huellas.

INGRATITUD

Quien haya robado no condena,
la cruel dentellada abatida por la pobreza
que en el arcano de su vida desgarrada
se encontró en el mundo sin nada.

Quizás tolere al miserable,
también al estafador
al indeseable serenamente lo miro
huérfano de pudor y sensatez

La ingratitud si me repugna
engendro pavoroso y satánico
con prontitud, asqueada de ese vicio,
temerosa le temo y le huyo

Temible es la persona ingrata
emanando veneno cuál víbora,
es agravio terrible que afrenta,
hasta para quien lo lleve en su seno.

¡CÓMO ME GUSTAS ¡

Me gusta verte tus hoyuelos
Esa sonrisa florada
La cascada de tu cabello negro
De tus entradas frontales

De esa alma pura
Brazos que me enternecen y arrullan
De tus nobles sentimientos
De aquella virilidad de hombre

Me gustas, como los colores del arco iris
Como la cascada que cae en los arroyuelos
Como el agua cristalina
Como el espejo que visora tu imagen

¡Cómo me gustas ¡

¡CÓMO ME HACES FALTA ¡

Cada día siento más tu ausencia
tus susurros en mis oídos,
los abrazos tres veces al día
tu vozarrón, donde el eco traspasa
Las anécdotas y las formas de cómo te expresabas,
el cumplimiento de tu responsabilidad
el amor infinito que me dabas
ese hilo invisible que nos conectaba

Eras como el sol que me iluminaba
Y ese atardecer de paz
¡Cómo me haces falta ¡
en cada aurora que me arropabas

Para ti era tu princesa,
siempre me tenías en una caja de burbujas,
celosamente, no querías que me miraran
Me cuidabas tanto… que era tu muñeca de porcelana

¡Cómo me haces falta ¡

LA NATURALEZA FUE TESTIGO DE NUESTRO AMOR

PALMERA

Eres reina de un universo verde
inquebrantable lección de estoicismo
domina a los cerros
eres estación de la aurora y balcón del sol

Desde mi imperceptible pequeñez te contemplo
la filosofía de los siglos supongo
En tu murmullo silencioso están retenidas
majestuosas anécdotas que te dan serenidad.

Quizás un día se plasmó,
la historia de un amor imposible.
Victoriosa cátedra fue tu consuelo
O la melodía errante de la soledad

Cuál alfombra desde el horizonte, te visora el mar
¡Cómo la humanidad pudiera ser y tener parte de tu grandeza ¡
Tu sencillez y pureza
¡Oh palmera, símbolo de majestuosidad!

SEQUÍA DEL ALMA

Es cuál estéril desierto
profanación de las sonrisas
en la sequía del alma se evapora
sí se esquiva el rumor de la risa

En el éxtasis le llega a su inhóspito hospedaje
el miserable vicio del engaño
mísero mortal, sin embargo, Yo,
con destino umbrío a veces por la dicha fugaz
deshecho en suspiros

Los tóxicos rencores ignoro
suplico para esta alma
que la dicha plasme en ellos,
que los cubra el amor de Dios.

LA CASA VACÍA

En su vientre sepulcral me he sentido
mientras que en el atardecer
agoniza el sol de la tarde,
la soledad nos brinda abrigo.

Ese albergue del alma en desventura
en la sombra fría del olvido,
en ella aparece enredada
la melancolía y tristeza con su oscuridad dormida

En el trono de la extinguida esperanza,
pasando espantar auroras
no quedando ninguna estrella asomada
en ruinas esta la casa yace vacía

Centinela del viento y su aullido
para siempre quizás ahí se incrustó
el amor soñado me ha herido,
tal parece que el sol se eclipsó.

ESTRELLA

No caigas en el error
de creer que se puede luchar
en soledad contra el mundo
Y la adversidad.

No somos islas
necesitamos contención y refugio cálido
Déjame ser parte de tu vida, de tu equipo,
en ti miro bondad.

Si te sientes débil, busca mi ayuda
Yo sabré alentarte y recordarte
Que tienes una madre aún viva.
Y una buena estrella que te cuida y te guía.

Intenta todo, busca sus huellas
están escondidas en tu interior
son parte de tu esencia mismo,
recuerda que eres amor.

FUENTE DE TERNURA

Gracias a su lírico rumor espontáneo
vigoriza nuestra misión de vida,
fuente de ternura
eres inspiración divina

Desgranas espléndida espiritualidad,
impregnadas de amor sublime
aprendizajes que nos enseñas
Abrazar al mundo con sinceridad.

Porque esa fuente de ternura que posees
al recibirla de nuestro Padre Celestial
engrandece y exteriorizas con plenitud a todos,
nos irradias con tu bondad.

ESPÍRITU DE LA POESÍA

La vertiente cristalina del amor inocente
es la poesía al lado del espíritu
aflora muchas veces
incandescente.

Nace la voz tormentosa del que
persiguiendo falsas ilusiones
deambula para disipar su dolor,
es la poesía calmante de su desazón.

La hija predilecta de la poeta
talentoso arte,
dialoga con los insondables misterios del universo
hurga en él, sus secretos

El lenguaje de la eternidad,
es el que puede interpretar
el canto triunfal de la esperanza,
sueños hechos realidad.

SINCERIDAD

Es como deleite sinfónico
del arroyo cristalino
que se desliza entre las rocas
este valor divino.

Es la sinceridad del buen amigo,
que nos brinda su cariño,
que nos cubre de primorosa pincelada
y nos nutre con su mirada.

De día sin desengaños
me inclino reverente ante el cielo
que la armoniosa felicidad
Dios la brinda por su bondad.

ILUSIÓN

Dama de las más altas colinas
teoría de sombra o luz secreta
tu aura ¿Por qué a veces declinas
ante quien lleva tu pesada cruz?

Y en el rumor lánguido de la noche
el mudo espíritu vencido se pierde
¡Ah ilusión, abrazo de reproche ¡
desde sus alas de incierto nido.

En las horas umbrías es insípida,
la propagación profunda es indecible,
cuando persistes en nuestra compañía
iluminas fugazmente la vida.

EL MATE

Eres una hierba
Eres una bebida poderosa
Y de muchos beneficios
Estimulante oh mate, al sistema nervioso

Eres un capacitador concentrado
Tu transformas la fatiga en salud
Eres una fuente inagotable
De vitaminas y sus aliados.

Eres esa fuente de minerales
Tanto, tanto
Que nos ayuda en lo nutricional
Como no necesitarte, si eres un complemento de vida

Tus hojas secas son maravillosas
Tantos son tus beneficios curativos
Posees tanto el potasio y magnesio
Eres historia y mito.

RIZOS

¡Oh qué hermosos son tus churros!
esos rizos elásticos y chulos
que son espirales formados
de corazones embelesados.

Oh rizos bellos definidos
que caen como cascadas
adornándote la espalda
de mujer engalanada

Con el color de tu piel
el viento toca tus rizos
al caminar con ese vaivén,
cautivas con tus hechizos.

Tu cuerpo esbelto es símbolo
de magia que embelesa
son tus churros dorados
parte de tu belleza

Con tu extenso cabello largo
tus rizos dorados aún contemplo
porque admiro tu cabellera rizada
como efluvio de alma enamorada

Porque la magia que emanas con tus rizos
son música que transforma mi alma
con ese aroma de hierba fresca,
que seduce y que encanta.

ALAS FLOTANTES AL VIENTO

A la monarquía fronteriza emblemas
entre el cielo y la tierra
tus alas flotan en el espacio
Para sentir al viento

Eres esbelta y erguida
centinela de la perpetuidad
sueltas coquetonas tu cabellera
en cada noche de luna llena

Mientras los luceros viven un romance,
romance que invita al universo
a ver tu majestuosidad
de arco iris en pleno invierno.

INTIMIDAD DE UN ECO

Oh cautivante corro por tu sonrisa
que a la cumbre engalanas y elevas
tu melena de oro al sol ostentas
cuál rayo del sol en primavera.

Para designarte su gran soberana
en ignota reminiscencia voy al silencio
te evoco y solo escucho
el eco en mi cerebro.

Se extiende su magnificencia en la esperanza
y te ilumina su aurora inmortal.
porque eres destello en el horizonte
y amaneceres de gracia y de paz.

Mrs Ecuador

LUZ

Grato y dulce es sentir la armonía
aroma y murmullo de las flores
con la gloriosa sinfonía soñamos
atesorada en tu cándido arrullo

Del cóndor su raudo vuelo no envidia,
en el hastío que en el tiempo empieza
hay consuelo en su excelso amor,
que de luz se irradió en su tibieza

Dándonos fortaleza cada día,
y seres con ese néctar de la vida.
así bañada con la aurora
se asoma y enamora.

TEMPESTAD

Naufraga y se hunde la existencia
en la silenciosa angustia
nadie le tiende la mano,
a solas padece de amargura el pobre
que siente que el hambre le estorba.

Como un dogal de acero ceñido a su garganta
el cuerpo que se doblega al pobre desamparado,
bajo una tempestad trémulo está como el árbol
es aquí que asoman los senos desnutridos.

Las manos marchitas
y los labios macilentos
desnudos y tristes los niños,
en los cuales el frio clava su destellada
Y el hambre su tremenda zarpa desgarradora.

REY DEL UNIVERSO

En el corazón de la humanidad
hoy ya no encuentra entrada
El Divino Nazareno, Jesús Niño,
Rey del cielo.

Ahora en ferias elocuentes,
se perdió la Noche Buena
donde solo las competencias materialistas
sin sentido gira solo en metal y estruendo

En estos tiempos de negros nubarrones
terrorífico canibalismo en la tierra
sin paz, con armas y guerras
ya no hay Navidad Señor, hay miseria.

La fingida hermandad, se ensaña
en los fríos lazos de la hipocresía
Rey del Universo, cuando la claridad
del cielo anuncia paz y armonía

Y toda la humanidad no rechace
beber el néctar sagrado de la decencia
ahí existirá la divinidad de nuestro Rey del Universo.
Se encenderán las luces de la clemencia.

AUSENCIA

Sé que nunca te fuiste
un pedacito de tu alma
se quedó en este mundo terrenal
en el jardín con mis flores y en el firmamento

Con toda la gente que te ama
en el oxígeno que día a día respiro
en el aire, en las mascotas,
en el corazón mío.

En el trinar de los pajaritos,
en la soledad de mi habitación
al llegar al ventanal, las aves
picoteando por comer su alimento.

LA VIDA

Es un milagro que no se repite
cada segundo
la vida se extingue
de la creación divina

Porque eres agua, tierra, fuego y aire,
juega descalza, bebe fuentes
de agua cristalina
vida, sueña y vive ahora

Eres esencia de vida
pisa tierra, abraza a tus árboles
crea tus espacios, eres
pero siempre con tu piedra angular que es Dios.

La madre tierra es tu vida,
siembra caminando
Sé laboriosa
Despierta
Agradece al Rey del Universo
con la esperanza de tu vida

¡Vive!, ¡la vida es bella!
da gracias al Creador de las estrellas,
porque te hizo a su semejanza

te dio dignidad y pureza,
te dio de Madre a María
quien vela por Ti
noche y día.

EL CEMENTERIO

En la lápida del cementerio
llegué, Tú estabas ahí
todo misterioso y triste
tu vocerrón tembloroso
en el ambiente se deshojó
como los pétalos de una rosa
que lentamente se muere.

Iba por la puerta entrando llena de flores
pero como una sombra que remuevo a mis amores
tus labios pronunciaban mi nombre
revoleteaban y te inquietabas
Yo estaba loca y tu loco
nuestros labios sangraron
en un solo beso se fundieron.

Mi corazón y tu boca
en la tarde que iba cayendo
tuvimos miedo y llorando te dije:
¡Me estoy muriendo! y me dijiste
Me estoy también muriendo por Ti.
Así los dos nos extinguimos
como se pierde la aurora…

DORMIDA

Mi ciudad está dormida
con una luna llena
adolorida está mi alma
porque sueña, pero no olvida.

Me está llamando mi ángel
con su mirada trémula
mi alma contempla llorando,
lo busco en la habitación.

Lo miro extasiada
ante los reflejos y el momento,
sigo soñando
mi amor que me mira absorto.

Pero… me olvido de las ternuras
y sus besos terrenales
no quiero pensar, solo pienso en tener
¡dos alas blancas y volar!

OLVIDO

Amiga, notas en mi risa
Rezo de angustias
Porque siento las espinas
que hay en todas las rosas
verás que mustias están así
todas mis flores
mis cipreses los pongo
en mi sendero
mi ironía que aprendí
de la aurora
mis penas son de rojo crepúsculos
aquellos ojos que me miraban
y sonreías se apagaron
y me di cuenta que en mi jardín
murieron las pobres rosas rosadas
que enterraría un mañana,
tengo mi herida abierta
que jamás se cerrarán

como mis espinas de rosas.

SUEÑOS

El cisne blanco
dejaba estelas de color blanco
en las azuladas aguas,
llenas de encanto

Mostrando la seda
en el césped frondoso
mientras se ocultaba la tarde,
lucía grandioso.

Armoniosamente con alegría
parpadeaba su luz
y extasiado miraba las flores.
mientras el sol languidecía.

Saltando para ver que ocultaba,
la naturaleza en su armonía,
y de repente vi mis flores en agonía,
Y el cisne blanco ya no existía.

AMARGURA

Qué dolorosa y desolada
amargura de no tener una flor de cariño,
en la senda de mi vida
impotencia y cobardía
ante la existencia

Sentir que renuncio a todo lo anhelado
si es de llorar, lloro
si es de reír, río
mis dichas y males por siempre
en constante desafío.

Anhelo, vivir mi tristeza
de los días iguales
y sentir que mi alma retoma
como aquella infancia
el anhelo de mi alma de niña.

FLORES

La aurora con su color de rosa
nacida con el don del amanecer
de grácil belleza
imponente se la ve.

La naturaleza bella
decora a nuestra majestad
el sol con su luz dorada
se enamora de las flores encantadas.

La grandeza
con su matiz de color
cuáles estrellas con donaire
lucen su esplendor.

Se sumergen en el ocaso,
la brisa del rocío las levanta,
porque nacen del amor,
Y se parecen a las flores celestiales
del jardín del Señor.

ROSA ROSADA

Rosa rosada que te prendes en mi pecho
las brisas y el sol me acarician
porque se deshoja mi alma
sobre tu corazón.
La primavera canta,
celebrando la armoniosa
mirada de tu luz
que tus caminos sean guiados
por un ideal
Y también por tus ojazos negros y divinos
animándose el amor en tu alma
por siempre tu vida
como la rosa bella
sea por siempre
perfumada, rosada, y virgen flor
que está en tu corazón.

GALANTERÍA

En las mañanas tranquilas,
las pupilas me recuerdan a él,
pienso en el valle del edén
su imagen, sus palabras
el baile del pasacalle, los valses,
y su voz cadenciosa también.

Tienes el encanto
de un príncipe en una velada,
con una presea ganada
por tu elocuencia empleada.
Bajo los almendros florecidos
eres el oasis donde el viento
rima con sus lirios.

Un corcel blanco ronda mi casa
miro al hermoso jinete,
ángel bajado del cielo
galante, sutil, me embriaga
con un beso enarbolado en mi frente.

¡ERES MI ORGULLO!

HORAS DE ANGUSTIA

El corazón en su calvario,
tengo mis manos
encalladas, entristecidas
que las paso como aves
sobre mi cruz
en mi callada soledad.

Alivio de mis horas tristes,
me basta saber madre
que Tú existes,
porque me infundes serenidad,
acompañándome en mis lúgubres
noches de mi alma vacía.

Porque mi existencia se desliza,
callada, sumisa y resignada,
con un verdadero dolor,
entre suspiros y desolación,
oro a Cristo, escuche mi clamor.

MADRE MÍA

En tu regazo duermo
canto con melancolía
de un thule donde nunca supe,
viviendo en un lugar ignoto.
Levanto mis ojos
para aliviar esta pena
con mis lágrimas de amor
riego mis noches y días.
Mi eco funeral,
solo me queda.
No existe ya esa primavera,
mi cantar pasó y olvidé
La mujer que me diste como madre,
a quien tanto amé
ya no está,
y no vendrá…
Madre mía, en mi agonía,
te veo en mis sueños
como la luz fugaz,
que jamás vendrá.

LA TARDE

El bálsamo está puesto en las heridas nuevas
en cambio,
reviven mis heridas viejas.
Hay tardes que las golondrinas
Y pájaros bullangueros
donde las paredes se sienten,
ellos despiertan al silencio.
Señor, te doy gracias,
por este cielo,
porque armonizas hasta el firmamento.
Las sombras de mis recuerdos
siento, y de todos mis anhelos.
Con sus alas azules,
las sombras me persiguen.
Gracias por mis ojos,
que miran lo más alto.
Y mis labios macilentos,
susurran ese cantar.
En versos yo pongo una oración
A ti mi Rey Omnipotente, mi Señor.

EL AYER

Con las espinas del ayer,
el día no se empieza,
todo pasa,
se entierra en el tiempo

Ellos no se pueden cambiar
no arrastres del ayer,
esas espinas
¿Sabes? Cada día
no te dejan vivir
y seguirán pinchándote.

Entrega en las manos de Dios
Ciertos pesares,
sacúdete, perdona, ciertas heridas de espinas.
Cúrate si sabes perdonar
¡Vive en armonía y paz!

Qué no podrás sanar en este mundo,
saca tus calamidades de encima,
con ese cristal de aumento que tienes,
porque la bendición, es el perdón
tu salud, está en la oración.

Recuerda que eres alumna de la vida
Y es improductivo recordar,
eres sabia por ese don de Dios,
que te hizo a su imagen, con amor.

Despierta tu sabiduría,
despeja tu camino
corre presurosa…

ser exitosa es tu destino.

HOY

Trata de vivir el día,
No resuelvas todo a la vez
no critiques a nadie
disciplínate de una vez
eres creado para la felicidad
no lo dudes jamás

No pretendas adaptar las circunstancias
dedícate solo por hoy
diez minutos a una buena lectura
fortalecen tu espíritu y ventura
te dan paz y ternura

Solo por hoy, una reflexión
es necesaria para la vida del alma.
Tus buenas acciones
a Ti te darán calma
Aleja de tu camino sin vacilación
la prisa y la indecisión

Cree firmemente
tu fe no debe vacilar
porque la providencia de Dios
jamás te va a faltar.
No tengas miedo
goza de lo bello
Y solo debes de creer en la bondad.

SIGO EL CAMINO

No tengo vacío de esperanza
Ni mi fe está perdida
debo creer y aceptar la realidad
sé que trabajando cambio mi destino
tengo voluntad.

Construyo lo que tengo por delante
asimilo lo de atrás
me proyecto al porvenir primero
doy fruto, valoro y supero

Siembro raíces y experiencias
abro mis caminos y dejo huellas
crezco e impongo mis metas
porque voy sostenido en mis creencias.

Por mi formación y temperamento sensible
soy fuerte de carácter
y sigo mi camino sin vacilar
nadie me detiene en mi andar.

Aunque pierda las hojas
enfrento el invierno
me afianzo con residuos de ilusiones
porque soy capaz de seguir sin pretensiones.

Me perfumo con el aroma de las flores
y con mucho amor me enciendo
no retrocedo, planto mis emociones,
como el águila que vuela alto
oteando en el horizonte.

MIRADA

Contempla la mirada de Dios
mira tu transformación
sin importar tu camino largo
Él es tu salvación.
No confíes en cosas terrenales,
apártate de situaciones banales.

No esperes confiar en tus fuerzas
siente a Jesús, su presencia
no trates que otros cambien
todos tienen su esencia
no es difícil alcanzar la meta
cuando no hacen conciencia.

El futuro llega a su tiempo
solo espera con paciencia
tus luchas, compártelas con alguien
que te entienda, te apoye y te acompañe.
Dios te ha dado la vida,
vive convencida.

Sabes¡ tú puedes
busca el descanso en Dios
Si algún día te sientes cansado
Tus fuerzas serán renovadas

Y entre victoria vivirás

alegre y en paz.

VOLUNTAD

Eres aquel ser que te levantas y entiendes
la misión que te dio Dios Omnipotente,
Y luchas con tesón y coraje
sacas fortaleza día a día
sabes que la carga está en tus hombros
que tienes la grandeza cuando abrazas
y solo Tú logras todo con fe y esperanza.

Tu vocabulario a veces fuerte,
logras convertirlos en expresiones dulces
posees la voluntad y el amor
y en tu hogar lo manifiestas
siendo amigo de tus hijos.

En el respeto que brindas y
en las caricias que das
sobre todo, de corazón
te motiva la razón
con voluntad día a día
inculcas a tus hijos sabiduría
los guías en el camino
que los conducirán a su destino.

VIDA

La vida es como una ventana
es como el sol que te alumbra
como el susurro de la fuente
el cálido abrazo de la gente.

La vida es como un suave amanecer,
como los pétalos de una flor cuando se abren,
el poder de Dios que te dio al nacer
la sabiduría que te brinda al crecer.

El sentir las manos de un niño
que te abrazan con cariño
lleno de amor y de poesía
es el amor inconmensurable
de una madre que te da cada día.

El firmamento y el mar
te pertenece también
todo en la vida es accionar
no te vayas a detener.
¡El triunfo contigo está ¡

DOLOR

Cuando fulgura el cielo
y llega la tarde
con inefable ternura y lágrimas
se baña mi amor.

Como una estrella de oro,
una inmensa nostalgia me invade
y mis recuerdos me embriagan
son los ojos de mi madre,
que con dulzura me miraban.

Mi alma fue taladrada
por su separación
y llevo en mi espalda la cruz ante el mundo,
de este inexplicable dolor.

En el cielo azul profundo,
en los sueños que me envuelven,
como el viento que se desvanece,
su imagen se desaparece.

TRENZAS

Tus trenzas tienen muchos años,
desde niña las llevas con cariño,
tus ondas cuál trigal
juegan a ser iguales

Tus ojos no les quitan tus miradas
se acelera mi corazón
tus manos acarician
las suaves cascadas
que se deslizan en las espaldas.

Tu nombre como una flor
tienen la magia perfumada
tu color canela me recuerda,
a la princesa enamorada.

Hoy evoco las trenzas
como parte de mis vivencias,
que al vaivén del viento
me hablan de tu inocencia.

MALECÓN

Caminaba por el malecón en tinieblas
escuchaba el canto de las olas
el ritmo bullicioso de las espumas,
en el amar de las caracolas.

Las brisas abrazaban al puerto
y el alba besaba las canoas
arropando el viento con las velas
sentí correr por mis venas
sangre nueva.

Digna de un corazón pirata,
de un pescador de sirenas,
marinos que fueron impulsados
por sueños y quimeras.

Con la luz que encajaba con las espumas
mi pecho surgía,
mi alma loca y anhelando aventuras,
el malecón cómplice me cubría.

ESPOSO… AMIGO

Absorta contemplo el cielo,
desde que te marchaste,
brilla con mayor intensidad,
son tus ojos, dos luceros
que guían mis pasos en la soledad.

Nuestro amor traspasó el tiempo,
hoy sé que me sigues amando
desde el más allá, ese es mi consuelo
que de tu hermosa princesa
jamás te olvidarás.

Umbelas de oraciones elevo al Creador,
agradeciendo que te puso en mi camino,
que unió nuestro destino y fortaleció el amor,
esposo, amigo, mi eterno compañero…
por siempre vivirás en mi corazón.

ANGUSTIA

Del calvario del corazón
las horas tengo que calmar
siento tus manos suaves
como dos aves en mi aflicción

Me basta sentir que Tú estás,
otra vez para aliviar mi vida triste
en mi callada soledad.
solo tu recuerdo existe

Pero tengo mis libros
que en mis horas de tristezas
mirándome me hablan y
sostienen mi alma débil.

Mi existencia va de prisa,
con un marcado silencio
resignación entre suspiros y ternuras
con la sal de mis lágrimas
al deslizarse por mis mejillas,
es tu imagen mi maravilla.

AMOR MÍO

Eres mi musa de inspiración
endulzante de mi vida,
me cobijabas con tus flores,
con tu ternura y tus caricias,
dejaste los suspiros en mi almohada
como la luz de las luciérnagas
y el cantar de los violines.

Tu sonrisa eran mis pinceladas
en mi camino lleno de ríos y mares,
montañas, con sus árboles frondosos,
naturalezas exuberantes, establos llenos
eras mi Oasis

Porque Tú amabas las campiñas,
eras un potro que cabalgabas libre,
desafiando las tormentas y colmando
mi vida con tu amor.

Amor mío, aún en la eternidad
sé que tu amor está presente
te siento tan cerca de mí
porque jamás Tú me dejarías.

NUNCA SE IRÁ NUESTRO AMOR

Las rosas con su aroma y pétalos volaban con el viento,
porque las hojas verdes y secas se iban al río
unas y otras a la montaña
pero no importaban para el viento
ellas volvían en el día
y bajo la luna.

Muchas veces había ausencia,
pero sus pétalos estaban ahí,
no tenían voz
pero eran encantos bajo un cielo azul.

Sigo sintiendo su amor
Y sé que nunca
se irá nuestro amor,
impregnada quedó tu esencia,
vives en mí.

TÚ ME QUIERES

Tú me quieres limpia
como el agua cristalina,
como espuma y margarita
con rayos de luz y destellos,
me pretendes casta,
como los árboles frondosos
y el trinar de los pájaros
que en cada amanecer enamoran.

Tú me quieres como esa flor que se abre a la vida,
como los bosques y montañas
para extender mis brazos
y proteger mi vida,
como aquel fruto que da su miel
y me ansías y me quieres pulcra
y Yo te quiero así.

MAR

En la inmensidad del mar
te vi a lo lejos
en la lejanía tu figura visoré,
recordando vi tus huellas en la playa
como cuando caminábamos
juntos tomados de la mano.

Huellas indelebles que volví a pisar en la arena,
viendo como las olas del mar,
su espuma y caracoles, tapaban nuestros cuerpos,
y nos envolvíamos con ese susurro de amor
y nos besamos a sabiendas de que ya no te vería.

Sentía tu presencia,
presencia que en los roces de nuestros cuerpos
nos sentamos a contemplar el cielo infinito
y la inmensidad de las aguas azules y cristalinas

Estela azul del firmamento
Y sus nubes que brotaban agua
como las lágrimas de mi existencia,
al mirar a mi lado y ver tu imagen desvanecida.

HIJO

Hijo amado de mi vida
siento tu cordón umbilical
tu conexión a través del hilo que nos une,
la vida que da vida a otra vida.

Ángel de mi existencia, parte de mi existir,
Hijo que en cada momento siento tu aroma,
pensar que nada es eterno
Y tendrás que alzar tus alas.

Alas que el Señor del Universo,
te puso para que recorras los caminos
solo te pido que jamás olvides
los preceptos de Dios,
mantenlos plasmados en tu corazón,
tatúalos cual reliquia en tu vida,
y todas tus acciones serán bendecidas.

EL CAFÉ

El insomnio se apodera de mí
atada por la noche,
mi alma se sumerge
en mis momentos de soledad.

Siento que mis sueños profundos ya no volverán,
porque mi amado no está
con aquella taza de café
diciéndome, tome negra un sorbo de café.

Café que mitigaba mis ansias
donde mi amado sentado al borde de nuestra cama
me llenaba de amor,
amor infinito y único
que desbordaba en sus miradas

Cuando la vela junto a la taza de café
era un bálsamo y hoguera
que daba esencia y calor en sus labios,
aroma impregnado en mi piel.

Café y amor que se conjugaban
para un trinar de besos,
en corazones palpitantes
que se amaron infinitamente.

AMOR DE NIÑO, TERNURA SUBLIME

Amor incondicional y más puro,
es el amor de un niño,
con su cara angelical, sin malicia
todo en él, es una caricia.

Inocencia pura y tierna,
paz y ternura
son sus manitos de un ángel,
sientes que cuando te habla
te lleva a un mundo de amor y poesías.

Poesías que llegan a tu alma
que enternecen tu vida.
Amor de niño, único y hermoso
que endulzan tu camino.

Inocencia que te lleva a vivir
con ese candor
que embriaga tu existencia
y te llena de felicidad,
porque esa es su esencia,
solo amar.

AMOR INCONDICIONAL Y VERDADERO

Es aquel que lo perdona todo,
Y no da ni espera a cambio nada
es el más puro sin condiciones
sin beneficio para nadie.

Amas sin esperar nada,
amas desinteresadamente.
este amor es verdadero, posible y real
se liga íntimamente, es especial.

Es una sencilla manifestación,
no lástima, se da sin condición
es capaz de dar y renunciar
a todo lo que no sea amar.

Cuando el amor inspira
la ternura conmueve
y enloquecen con sus besos,
y la pasión aparece.

Da vida ese amor incondicional,
te sientes fuerte cuando estás junto a él
es el aire que te nutre,
tú giras alrededor
y todo lo miras sin temor…

MUJER INQUEBRANTABLE

Mujer que caminas en lugares pedregosos
que vences mil batallas y dificultades,
te caes y te levantas
como el ave fénix, mujer de hierro.

Mujer, eres inquebrantable,
traspasas barreras,
pero siempre tu frente altiva
porque tu luz es la fe y esperanza.

Mujer, que no te importan los sufrimientos,
luchas por tus hijos que los esperas
con un plato caliente de comida
y en el umbral de la puerta
rogando a Dios que les cuide y los proteja.

Mujer, digna que tiene su propia impronta
genuina, amorosa,
llora, pero se seca sus lágrimas
avanza y da ejemplo de una
MUJER GUERRERA.

JUNTO A LA MONTAÑA

Atardeceres con colores de arco iris
que me llevan a la montaña,
montaña que te levantas majestuosa
donde nacen las aguas cristalinas
que embellecen sus faldas.

Montaña que con tus fuerzas sostienes
y das abrigo a los labradores
que te protegen y cuidan tus pastizales
que alimentan a los animales
y son ensueños de una vida purificada.

Porque la vida les enseña el trabajo
donde se peregrina el encanto de tus cosechas.
junto a la montaña sentí la naturaleza
bordeada por verdes arbustos
y donde me enamoré con sus encantos.

Montaña bendecida que encierras
el amor hacia los hombres,
tu eco nos llama
y en tus entrañas
reposamos dulcemente.

Made in the USA
Middletown, DE
24 May 2024